Joyeuses fêtes et Meilleurs vœux !

Isabel Lucia

Joyeuses fêtes et Meilleurs vœux !

BoD

©123rf & Wavebreak Media Ltd pour l'image
de couverture.

Editeur : BoD, Books on Demand,
12/14, rond-point des Champs-Élysées,
75008 PARIS
Impression : BoD - Books on Demand,
Allemagne.

ISBN : 9782322016082

Dépôt légal : Avril 2015

Première Partie

We wish you a Merry Christmas…

1

L'avocat de la défense Martin Swann n'était qu'un petit emmerdeur insupportable et sexy, songea le juge Shapiro en relevant le col de sa veste et en descendant d'un pas vif les marches du palais de justice de la petite ville de San Feliz, dans le Colorado.

Craig Shapiro ne se considérait pas comme quelqu'un de particulièrement colérique ou impulsif, mais ce jeune homme de trente ans, arrogant et sûr de lui, semblait éveiller en lui les pires instincts qui soient.

Il trouvait toujours quelque chose à redire… sur tout ! Certes, c'était le lot de tous les avocats, mais lors de leur dernier affrontement dans le prétoire, qui remontait à peine à cette après-midi, l'insolent personnage avait carrément osé lui affirmer qu'il n'était pas objectif, allant même jusqu'à lui conseiller de se récuser dans l'affaire qu'il devait juger !

Le vent, en cette froide soirée du réveillon de Noël, se faisait mordant, et Craig frissonna, se demandant en son for intérieur si le responsable était vraiment le froid, ou bien la fureur qu'il ne manquait pas de ressentir en évoquant le jeune homme.

La fureur… *et le désir.*

Car lorsque Craig se laissait aller à songer au jeune avocat, seul chez lui, ses pensées devenaient vite brûlantes !

Il lui suffisait de visualiser les yeux noisette, la bouche pleine et les cheveux bruns en bataille pour se sentir tout réchauffé de l'intérieur. Et rien qu'à imaginer le corps qui se cachait sous les costumes coupés sur mesure, il était prêt à s'enflammer comme une torche !

« *C'est bien ça, le problème*, songea Craig avec un soupir. »

Le juriste éveillait en lui autant de rage que de luxure.

Le magistrat ne se faisait pourtant aucune illusion. Swann était désespérément, résolument et irrévocablement hétérosexuel, si l'on en croyait les ragots qui circulaient au tribunal, et qui lui attribuaient une nouvelle conquête féminine toutes les semaines.

Pourquoi irait-il dans ce cas s'encombrer d'un juge de dix ans son aîné, divorcé et solitaire ?

A la pensée que personne ne l'attendait pour fêter dignement la nativité, Craig sentit une vague d'amertume et de tristesse l'envahir. Il avait quarante ans, une vie professionnelle réussie, une grande maison… mais personne avec qui partager tout ça.

Son mariage avait sombré lorsqu'il avait enfin décidé de ne plus renier son attirance pour les hommes. Sa femme Jessica et lui n'ayant pas eu d'enfants, le divorce avait été conclu à l'amiable, sans véritables regrets de part et d'autre.

Mais lors de nuits comme celles-ci, la solitude pesait vraiment sur les épaules du juge Shapiro… Il aurait pu se rendre chez des amis, ou encore dans un club branché. Mais ses amis étaient tous en couple, et il ne se sentait pas d'humeur à aller draguer.

Certes, il n'avait pas fait vœu de chasteté. Mais les aventures sans lendemain n'étaient tout simplement pas son style.

Depuis son divorce, trois ans plus tôt, Craig n'avait eu que deux relations suivies. La première s'était soldée par un échec cuisant, et la deuxième par une solide amitié.

Duncan Messner avait certes déménagé à Los Angeles – le veinard était certainement en train de profiter du soleil californien ! – mais les deux hommes se téléphonaient régulièrement.

Craig soupira en songeant à son ancien compagnon.

Celui-ci ne cessait de lui répéter qu'il devrait inviter l'avocat de la défense à sortir. Il entendait encore la voix de Duncan le taquiner.

– Mon cher, autant d'électricité entre deux personnes ne peut être une simple coïncidence ! Il faut absolument que tu lui fasses du rentre-dedans !

Malheureusement, Craig doutait fort que ses avances, s'il se décidait à en faire, soient accueillies avec bienveillance. Il risquait plutôt de se prendre un direct en pleine figure !

Il poussa un profond soupir et attrapa ses clefs de voiture.

Tandis qu'il posait la main sur la poignée, il sentit soudain le contact d'un métal froid sur sa nuque.

Craig se figea, le corps brusquement inondé de sueur.

Il ne s'était jamais retrouvé dans cette situation auparavant, mais il reconnut instinctivement la forme circulaire qui s'enfonçait dans sa peau.

Le canon d'un revolver.

– Pas un mot, et surtout pas de geste brutal, Votre honneur, susurra une voix inconnue dans son oreille.

2

Craig se garda bien de répondre. La pression sur sa nuque disparut, pour s'enfoncer dans son dos.

– Montez à l'arrière, Votre Honneur. *Et fissa* !

Le magistrat retrouva brusquement l'usage de la parole.

– Ecoutez, vous êtes en train de faire une grossière err…

– Taisez-vous. Je ne vous ai pas demandé de l'ouvrir, alors ouvrez cette putain de porte et asseyez-vous, bordel !

La voix de l'homme s'était faite plus dure, et Craig estima préférable d'obtempérer sans un mot de plus. Il devait faire preuve de patience, écouter ce que l'autre avait à lui dire, et guetter la faille qui lui permettrait de reprendre le contrôle de la situation.

– Allez, à ton tour ! Monte !

C'est à ce moment-là que Craig se rendit compte que son agresseur n'était pas seul. La portière opposée s'ouvrit, et sous la menace de la même arme, Maître Martin Swann entra à son tour dans le véhicule.

– Maître Swann ?! s'exclama le juge, stupéfait.

– Navré, Votre Honneur, fit le jeune homme avec une grimace qui se voulait rassurante, mais notre ami ici présent m'est tombé dessus il y a une demi-heure et m'a fait attendre dans le froid que vous vouliez bien vous décider à rentrer chez vous.

– La ferme ! aboya leur agresseur.

Il ouvrit la porte avant et se glissa sur le siège du conducteur. Le plafonnier s'alluma, et les deux hommes sursautèrent lorsque le visage du truand apparut en pleine lumière.

– Sanderson ! glapit Swann. Je vous croyais en prison !

Un mauvais sourire étira les lèvres pleines du dénommé Sanderson. Ajouté à la cicatrice qui défigurait sa joue gauche, ce rictus lui conférait une aura de danger qui n'augurait rien de bon. Et le colt 45 qu'il pointait sur eux n'améliorait certes pas l'impression générale !

– Je suis sorti plus tôt, Swann, et je me suis dit que j'allais vous payer une petite visite, ainsi qu'à ce cher juge...

Martin Swann se mit à réfléchir à toute allure. Sanderson n'était pas un tueur, il avait été jugé pour quelques menus larcins, mais avec son mètre quatre-vingt-dix et ses quatre-vingt kilos de muscle, ce n'était pas un adversaire à sous-estimer.

Peut-être, à deux, serait-il possible de le maîtriser. Le désarmer étant évidemment le point le plus délicat de l'opération…

Et Martin n'avait aucune, mais alors absolument aucune envie qu'il arrive quoi que ce soit au magistrat. Il lui jeta un coup d'œil en coin, mais ce dernier restait impassible. Une attitude que Martin lui envia brusquement mais qu'il trouvait en temps normal tout à fait agaçante.

Que n'aurait-il donné pour faire perdre son sang-froid au magistrat !

Mais dans de toutes autres circonstances…

Martin sentait sa bouche devenir sèche tandis qu'il rejouait mentalement son fantasme favori : Craig Shapiro, étendu sur son lit, entièrement nu, ses cheveux blonds argentés mouillés de sueur, ses yeux gris voilés de désir, son corps musclé offert à son bon vouloir et le suppliant de le prendre…

« Ce n'est pas le moment, Martin ! se morigéna-t-il fermement. »

Sanderson le regardait comme s'il avait lu dans ses pensées, un pli étirant ses lèvres d'une manière que Martin ne sut qualifier autrement que de… lubrique.

– Baisable, le petit avocat de la défense, hein, Votre Honneur ? ricana le truand à l'adresse de Craig.

Ce dernier se contenta de le fixer sans mot dire, le visage toujours aussi fermé.

La voix de Sanderson se fit plus câline, invitant à la confidence.

– Allez, Votre Honneur, vous n'allez pas me faire croire que vous n'avez jamais eu envie de le renverser sur votre bureau…

Les yeux du juge virèrent au gris ardoise, mais le truand ignora l'avertissement.

– … et de le baiser jusqu'à ce qu'il apprenne enfin à fermer sa grande gueule ! continua-t-il avec fougue.

Martin émit un son étouffé, et Craig songea avec humour qu'il devait très certainement s'étrangler de rage.

Il n'aurait pas pu être plus éloigné de la vérité !

A l'idée d'un Craig Shapiro en sueur, le prenant avec fureur sur son bureau en chêne massif, une main collée sur sa bouche pour étouffer ses cris, une vague de désir parcourut le corps de Martin, se focalisant sur son bas-ventre.

Les yeux de Sanderson se posèrent sur son entrejambe, et ceux de Martin s'écarquillèrent de terreur.

« *Non, non, NON !!!* »

Lentement, le truand s'humecta les lèvres, le regard trouble.

– Tiens, tiens ! On dirait que cette idée ne laisse pas notre jeune requin indifférent… Et vous, Shapiro, ça vous fait quel effet ?

Craig pesta intérieurement contre lui-même. Pourquoi diable les paroles de ce salaud lui procuraient-elles une telle excitation ? Il inspira profondément pour se calmer, sachant que c'en était fini de lui si l'un ou l'autre des deux hommes remarquait l'érection qui déformait son jean.

Sanderson abaissa légèrement le canon du revolver.

— Vous savez, les mecs, grâce à vous, je me suis retrouvé en taule…

— Grâce à moi, le coupa Martin avec une arrogance qui fit grincer les dents de Craig, vous n'en avez pris que pour six mois ! Je vous rappelle que le procureur voulait vous en coller pour cinq ans ! Alors vous devriez plutôt m'être reconnaissant… et remercier le juge Shapiro de m'avoir suivi pour le verdict !

Le truand parut réfléchir un instant, un doigt posé sur ses lèvres et un autre jouant avec la gâchette du revolver, ce qui donna des sueurs froides à ses deux victimes.

— C'est vrai, ça, mon petit Swann… Et comme c'est le réveillon de Noël… je me sens d'humeur magnanime.

— Ça signifie que vous allez nous libérer, Sanderson ? demanda Craig, une note pressante dans la voix. Si tel est le cas, nous en resterons là, je vous le promets. Il n'y aura pas de poursuites…

Sanderson secoua la tête, amusé.

— Tss-tss ! Pas si vite, Votre Honneur… Je veux mon petit cadeau d'abord.

Les deux hommes le contemplèrent, interdits.

Il savoura un instant leurs regards effarés avant de reprendre.

— Je veux vous voir baiser. Quand on passe des mois en cabane avec pour seule compagnie ses cinq doigts, on a envie de se taper un bon petit porno en sortant ! Alors… Qui se sent de faire le *top*, et qui se sent de faire le *bottom* ?

3

L'explosion ne se fit pas attendre.

– COMMENT ??!! hurla Craig, le cœur battant la chamade. Mais vous êtes dingue, bon sang !!!

– C'est hors de question !!! rétorqua tout aussi violemment Martin, le rouge aux joues.

Il ne pouvait tout de même pas avouer qu'il ne rêvait que de *ça* depuis sa première rencontre avec Shapiro !

Sanderson soupira et leva les yeux au ciel.

– Attendez, on ne s'est pas bien compris, vous et moi, les mecs… Je ne vous donne pas le choix. C'est ça, ou un pruneau entre les deux yeux pour chacun !

– Vous n'oseriez pas, fanfaronna Martin en se rapprochant dangereusement de l'arme.

Voyant l'éclat métallique du regard de leur kidnappeur, Craig saisit le jeune avocat par le bras et le serra.

– Arrêtez de jouer les imbéciles, Swann, fit-il avec urgence. Il ne plaisante pas !

Et il força le jeune homme à se reculer contre le dossier.

– Bien, bien ! ricana l'homme armé. Notre ami a compris, lui. Allez, baissez sa braguette, Votre Honneur, qu'on voit un peu ce qu'il a dans le pantalon !

Craig chercha le regard de Martin, guettant un signe d'approbation, mais le jeune homme tremblait – de fureur ou de terreur, Craig aurait été bien en peine de le dire ! – et se refusait à lever les yeux sur lui.

Alors, soupirant, le juge posa la main sur le pantalon du jeune homme. Sursautant, les yeux exorbités, Martin le fixa.

– Je suis désolé, mais c'est la seule solution, souffla Craig.

Devant la détermination et la compassion qu'il lut sur le visage de l'autre, l'avocat hocha lentement la tête. Il allait avoir ce dont il avait toujours rêvé… Mais Dieu sait qu'il avait imaginé l'obtenir dans de toutes autres circonstances !

« *Seigneur, pas comme ça, pas comme ça !* songea Martin, désespéré. »

De son côté, Craig ressassait les mêmes sombres pensées.

« *Merde, Shapiro, c'est du viol ! Tu vas avoir ce que tu désires, mais il ne te le pardonnera jamais !* »

Un frisson glacé parcourut sa nuque en imaginant les implications futures de cet acte, et il hésita. L'avocat pourrait fort bien porter plainte, le faire radier du barreau, détruire sa réputation… ou pire encore.

Sans doute Martin lut-il quelque chose sur son visage, car son expression s'adoucit. Il prit la main de Craig et la posa sur sa braguette.

– Ne vous inquiétez pas, tout ira bien. On s'en sortira ensemble.

Il rougit avant de reprendre d'une voix hachée.

– Je veux bien faire le *bottom*… Ce ne sera pas la première fois.

Craig crut que son cœur allait s'arrêter de battre sous le choc. Cela signifiait – pour le moins – que le jeune homme était bisexuel !

Un ricanement le fit revenir à lui. Tout à sa stupéfiante découverte, il avait oublié l'espace d'un instant la présence de Sanderson.

– Que c'est touchant ! se moqua le truand. Allez, assez de parlotte, mes mignons, et un peu plus d'action !

Il se calla confortablement contre le siège du conducteur, les deux bras croisés sur le dossier.

– Vous… allez… hum… regarder ? demanda ingénument Martin.

Il eut aussitôt envie de se battre pour sa naïveté. C'était une évidence !

– Mon grand, c'est ça le but du jeu ! soupira Sanderson. Que je me rince l'œil ! Un porno en direct !

Toute arrogance l'ayant désormais déserté, Martin sentit avec gêne ses joues prendre une belle teinte carmin.

Ce qui ne manqua pas d'éveiller les instincts protecteurs de Craig.

– Tout ira bien, répéta-t-il, reprenant les mêmes mots que le jeune homme avait précédemment utilisés.

Pourtant, malgré lui, sa main trembla en baissant la fermeture éclair du pantalon du jeune avocat. Il hésita un bref instant, puis ses doigts caressèrent lentement le tissu du boxer qui recouvrait le membre tendu, et la respiration de Martin s'accéléra.

Dans la pénombre, les yeux de Sanderson étincelèrent, et sa langue vint se poser sur ses lèvres sèches. Le parking était désert à cette heure-ci, les employés étant tous partis préparer le repas de fête, et personne ne viendrait les déranger.

De plus, Shapiro s'était garé à l'écart dans un endroit discret, à moitié caché par les arbres, ou sa voiture ne risquait pas d'attirer l'attention. Comme s'il avait pressenti que quelque chose allait se produire…

Appuyé contre le dossier, Sanderson savourait pleinement le spectacle que lui offraient les deux « acteurs » improvisés.

Il n'était pas le seul.

Martin, les yeux mi-clos, appréciait visiblement beaucoup la caresse des doigts du juge sur son érection.

– Ôte-lui ses fringues, ordonna le truand, de plus en plus excité par la situation.

– Il va avoir froid, objecta Craig.

Un rire gras lui répondit.

– Je compte sur toi pour le réchauffer !

Martin laissa échapper un petit gémissement de plaisir. Le froid ? Il ne le sentait pas. Tout son être brûlait de désir et il devait se mordre les lèvres pour ne pas se trahir. Se laisser sauter pour sauver leurs deux vies, d'accord, mais que penserait le très hétérosexuel juge Shapiro s'il venait à découvrir que Martin avait adoré ça !?

Rien de bon, assurément…

Inconscient des pensées du jeune homme, Craig lui ôta sa veste, avant de déboutonner lentement les boutons de sa chemise et de la lui enlever à son tour. Il fit ensuite glisser lentement le pantalon le long des hanches étroites de son partenaire, sa respiration se bloquant dans sa gorge devant la beauté du corps viril.

Dans un brouillard de luxure, il se pencha, et prit un téton durci dans sa bouche, le mordillant gentiment. Le souffle de Martin se fit laborieux.

– Enlève-lui le reste, fit la voix rauque de Sanderson, les faisant tous deux sursauter.

Les mains tremblantes, Craig obtempéra, et bientôt, le dernier vêtement alla rejoindre les autres, laissant Martin nu et tremblant.

Sa virilité tendue, engorgée, s'offrait fièrement aux regards des deux hommes.

– Caresse-le…

Les longs doigts fins et élégants du juge vinrent encercler la base, allant et venant tout autour, tandis que tel un être vivant, le membre érigé se mettait à pulser, chaud, vibrant.

Comme possédé, Craig s'occupa ensuite de l'autre téton, savourant les petits cris de plaisir qui s'échappèrent bientôt de la gorge de son compagnon.

Le bruit d'une fermeture éclair que l'on baisse ne fut même pas suffisant pour lui faire reprendre ses esprits. Au contraire, il n'en mordilla que plus furieusement la peau qui vibrait sous ses lèvres chaudes.

Les mains de Martin vinrent tout naturellement se poser sur sa nuque, dans un geste exempt de gêne ou de honte.

– Oh, mon dieu…, murmura-t-il sous les sensations divines qui l'assaillaient.

– Il n'a rien à faire dans l'histoire, fit la voix haletante de Sanderson, et dans le silence qui s'ensuivit, on entendit très nettement le bruit de la chair contre la chair tandis qu'il se masturbait furieusement.

Ce fut un choc. Mais loin de dégoûter les deux hommes, cela ne fit que les exciter davantage. La situation leur apparaissait brusquement comme un songe érotique, à la fois irréel et merveilleux.

Lentement, les lèvres de Craig se mirent à descendre le long du torse musclé de son compagnon, parsemant de petits baisers la peau frémissante et à peine voilée d'une fine pellicule de sueur.

Sa propre érection se faisait douloureuse, comprimée dans son pantalon, et il la pressa fermement, déterminé à endiguer la montée trop rapide du plaisir.

– A votre tour, Monsieur le Juge, fit soudain la voix de Sanderson, à qui le mouvement de Craig n'avait pas échappé. Enlevez vos vêtements.

A ce stade, perdu dans une brume de désir, Craig aurait obéi à n'importe quel ordre. Son cerveau était passé en pilotage automatique. Il ôta sa veste, puis son pull et sa chemise avec des gestes fébriles, tremblant d'anticipation, et ne put retenir un bref sursaut lorsque les mains de Martin se posèrent sur la fermeture éclair de son pantalon.

Voyant le regard inquiet du jeune avocat, il s'empressa de le rassurer.

– Tout va bien, j'ai été… surpris, c'est tout.

Martin hocha la tête, incapable de se rassasier du corps splendide qui se dévoilait peu à peu sous ses yeux.

Pas une once de graisse ou de poignées d'amour.

Craig Shapiro entretenait visiblement sa forme physique.

Les doigts du jeune homme se mirent à trembler tandis qu'il faisait glisser le pantalon le long des hanches de son compagnon. Son cœur manqua un battement devant le boxer noir, dernier rempart recouvrant encore la virilité tendue de Craig.

– Allez, Swann, fit la voix de Sanderson, le faisant sursauter. Vire-nous ça, qu'on profite du spectacle !

Martin obéit, des frissons de plaisir anticipé parcourant son échine. Le membre érigé qui s'offrait à ses yeux le fit saliver d'anticipation. À la fois épais et long, non exempt de beauté et d'élégance, à l'image de son propriétaire.

Il fit lentement courir ses doigts le long de la colonne de chair, en savourant la texture veloutée, et Craig ne put retenir un frémissement de volupté. Si le jeune homme continuait sa délicieuse torture, il allait bientôt jouir comme un adolescent en proie à ses hormones !

Ne résistant pas davantage, Martin se pencha pour déguster les quelques fines gouttelettes de plaisir qui rendaient luisant le sexe dressé, puis le plus naturellement du monde, il le prit dans sa bouche.

Craig crispa violemment les poings en sentant les lèvres humides se refermer sur lui. Sa peau enfiévrée ne sentait désormais plus le froid : au contraire, il avait l'impression d'être au cœur d'un brasier !

Avec gourmandise, Martin fit courir sa langue de la base jusqu'au sommet, jusqu'à ce qu'un gémissement étouffé s'échappe de la gorge de sa « victime ».

– Maître, si vous n'arrêtez pas, vous allez nous mettre tous les deux dans une situation embarrassante ! haleta Craig.

Avec une moue de regret, Martin relâcha son emprise et le regarda à travers ses longs cils.

– Au point ou nous en sommes, appelez-moi Martin, murmura-t-il, un écho amusé dans la voix.

Sanderson éclata d'un rire gras, provoquant un froncement de sourcils de la part des deux hommes, qui avaient encore une fois oublié son existence. Par prudence, ils se gardèrent bien d'émettre un quelconque commentaire sur sa soudaine jovialité.

– Bon, assez rigolé ! Je me sens d'humeur à passer aux choses sérieuses…

Un frisson qui n'avait plus grand-chose à voir avec la peur parcourut les deux hommes.

– Préparez-le, Votre Honneur, susurra le truand. Avec trois doigts ! Et en douceur…

Craig eut un soupir de frustration.

– Et avec quoi, Sanderson ? Je n'ai pas exactement ce qu'il me faut sous la main…

– Mais moi, si ! riposta l'autre, tout en lui lançant un tube qu'il attrapa au vol.

Craig se sentit rougir en voyant que ce qu'il tenait dans la main était du lubrifiant, marque KY. Saveur cerise.

Sanderson agita impatiemment le revolver sous son nez.

– Bon, plus vite que ça ! J'ai pas toute la nuit, moi !

Martin s'étendit de son mieux sur la banquette arrière, écartant les cuisses pour donner un meilleur accès à son futur amant. Dans ses yeux se lisait une confiance infinie, et Craig se jura de faire tout ce qu'il fallait pour en être digne.

Un reste de prudence l'incita à demander au truand :

– Vous avez un préservatif ?

Un mauvais sourire joua sur les lèvres de Sanderson.

– Désolé, Votre Honneur, mais pour mes pornos, je préfère voir du 'peau contre peau' !

Craig se tourna vers Martin.

– Ne vous faites pas de souci, je suis *clean*, répondit doucement le jeune homme à la question informulée.

Craig hocha la tête, avant d'ajouter avec franchise :

– Moi aussi.

– C'est très bien ! les coupa le truand, dont la patience commençait clairement à s'émousser. Allez, go !

– Sanderson, la situation n'est pas vraiment propice pour les galipettes, lâcha Martin avec un brin d'irritation.

Il se tut aussitôt tandis que le canon du revolver se rapprochait dangereusement de Craig.

– Est-ce que ça te suffit, mon petit Swann, comme mise en condition ?

– Tout à fait, répondit Martin en avalant difficilement sa salive.

Il observa Craig tandis que ce dernier ouvrait le tube de lubrifiant et enduisait généreusement ses doigts avec la substance. Leurs regards se croisèrent, et Martin hocha légèrement la tête, lui indiquant par là même qu'il était prêt.

Craig glissa un doigt dans l'intimité ainsi dévoilée et un frémissement d'anticipation échappa au jeune avocat.

– Je vous fais mal ? demanda-t-il, inquiet.

– Non, murmura Martin. Au contraire.

Et Craig ne put retenir un sourire, qui ne tarda pas à s'élargir lorsqu'il trouva la prostate, élicitant un long gémissement de la part de son partenaire.

Il prit un immense plaisir à torturer son jeune collègue, étirant la fine paroi de chair jusqu'à ce que celle-ci soit prête à subir une deuxième intrusion.

Et bientôt, un autre doigt alla rejoindre le premier, décuplant ces délicieux tourments. Lorsque le troisième et dernier le pénétra enfin, Martin gémissait et se tordait sur la banquette arrière, à bout de nerfs, suppliant son bourreau de le laisser jouir.

– Bien, fit la voix satisfaite de Sanderson, il est à point. Allez-y, Votre Honneur, baisez-le !

Voyant la brève hésitation de son compagnon, il ajouta avec force :

– Tout de suite !

Le corps luisant de sueur, Craig se positionna contre les fesses de son partenaire, lui relevant les jambes pour faciliter son intrusion. Il franchit avec une agonisante lenteur la barrière de muscles.

L'anneau de chair se distendit pour le laisser entrer, et bientôt, ses testicules vinrent reposer contre les fesses fermes du jeune homme. Il laissa échapper un bref halètement.

C'était si chaud, si étroit…

Si bon.

La sensation était indescriptible.

Il allait mourir de plaisir.

Les hanches de Martin se frottèrent lascivement tout contre les siennes, et Craig comprit que c'était sa manière à lui de lui faire comprendre qu'il était temps de bouger.

Expérimentalement, il donna un léger coup de rein, s'amusant de voir Martin retenir brièvement sa respiration.

– Sadique ! murmura le jeune homme.

Avec un sourire, Craig amorça un lent mouvement de va-et-vient, se retirant pour s'enfoncer ensuite jusqu'à la garde dans la chaleur humide qui l'enserrait comme une gangue de velours. Il posa ses mains sur les hanches de Martin pour mieux le souder à lui, et le jeune homme partit instinctivement à la rencontre de ses voluptueux coups de boutoir.

Chaque mouvement touchait sa cible, et bientôt, Martin se saisit de son sexe pour se masturber, conscient qu'il n'allait pas pouvoir tenir bien longtemps.

– Non, fit Sanderson, les pupilles démesurément dilatées, je veux te voir gicler sans que tu te touches !

Craig augmenta le rythme de ses assauts, la voix rauque du truand portant son excitation à son paroxysme.

– Tu sens comme c'est bon, Swann ? reprit Sanderson. Dis-moi, est-ce que tu as envie de jouir ?

– Oui, siffla Martin entre ses dents serrées.

Chaque coup de reins heurtait de plus en plus violemment sa prostate, et retenir la montée du plaisir était un défi en soi de plus en plus difficile à relever.

La sueur coulait le long de la poitrine de son partenaire pour venir se mêler à la sienne. Martin avait l'impression de se trouver au milieu d'une fournaise. Son corps tout entier se tendait pour endiguer le plus longtemps possible le violent orgasme qui menaçait de le submerger.

Jamais auparavant n'avait-il été aussi excité par quelqu'un !

– Oui, répéta-t-il avec un gémissement, j'ai envie… de… jouir !

– Alors fais-le ! ordonna le malfrat. Maintenant !

Et Martin ne put se contenir davantage. Son corps, secoué de violents soubresauts, s'abandonna tout entier à l'érotisme du moment. Le plaisir fut si fort qu'il crut qu'il allait s'évanouir.

Ses muscles anaux se contractèrent, enserrant si douloureusement le membre érigé de Craig que ce dernier le suivit immédiatement dans l'extase. Rejetant la tête en arrière, il ferma les yeux et avec un grondement animal, se vida à longs jets brûlants dans cet étroit passage.

Sanderson ne fut pas en reste. La vision de ces deux hommes séduisants en train de faire l'amour, ainsi que la friction de son sexe contre le cuir du siège passager, l'amenèrent rapidement à l'orgasme.

Il reprit le premier ses esprits, observant les deux hommes étroitement enlacés, les frémissements de leur peau luisante, et sourit tout en se rajustant. Il ouvrit la portière, l'arme toujours bien en main.

– C'était très agréable, messieurs, fit-il moqueusement. Sur ce, je vous laisse. Nul doute que c'est le début d'une très grande… amitié !

Craig ne rouvrit les paupières qu'en entendant la porte claquer. Les yeux mi-clos, Martin s'efforçait de reprendre une respiration normale. Il avait l'air d'un chat repu.

Cette vision remplit le juge d'amertume et de colère.

Il ne savait que trop pourquoi…

On lui avait offert le paradis sur un plateau, avant de le lui reprendre brutalement. Ce moment de plaisir n'était rien d'autre qu'une tricherie. Quelque chose qu'on leur avait dérobé. Pire encore, un *viol* mental aussi bien que physique…

Une vague de nausée l'envahit à la pensée qu'ils avaient été obligés d'accomplir une performance pour un auditoire, comme n'importe quels acteurs de porno…

Se redressant avec brusquerie, incapable de supporter davantage la vue du jeune avocat, il entreprit de ramasser ses vêtements épars, et de se rhabiller le plus vite possible.

Martin, gêné, en fit autant. Les ondes de colère qui émanaient du magistrat étaient presque palpables, aussi imagina-t-il préférable de ne pas le provoquer.

En son for intérieur, cependant, le jeune homme ne pouvait s'empêcher de se sentir déçu.

Dire qu'il avait espéré, l'espace d'un instant, que quelque chose de bien pourrait sortir de cette étrange mésaventure ! Que quelque chose pourrait être possible entre eux…

La réaction de Shapiro, qui évitait soigneusement de le regarder en face, en disait long sur ce qu'il pensait des derniers événements ! Pour lui, tout ceci n'était qu'une monstrueuse erreur, et rien de plus !

Sa propre stupidité rendit soudain Martin furieux, et il se rajusta avec des gestes tout aussi brusques que ceux du juge.

– Écoutez, Swann, commença Craig avec une froideur glacée, ne sachant comment aborder le délicat sujet de leurs relations, tant professionnelles que personnelles.

– Ne vous mettez pas martel en tête, Votre Honneur, le coupa tout aussi durement Martin, je vais vous faciliter la tâche. Il ne s'est **RIEN** passé ce soir ! Rien du tout !

Et avant que Craig, stupéfait par cette réflexion cassante, n'ait eu le temps d'ouvrir la bouche, Martin avait quitté sa voiture, claquant violemment la portière, et s'enfonçait d'un pas rageur et déterminé dans la nuit…

~~*

Quelque part, non loin de là, un soupir de lassitude et d'exaspération se fit entendre.

– Et ben, ç'est pas gagné ! fit une voix résignée. M'enfin, Joyeux Noël tout de même !

Deuxième Partie

… and a Happy New Year !

4

Sept jours plus tard, un maelström de frustration et de mauvaise foi s'était abattu sur le tribunal de la petite ville de San Feliz.

Il se racontait partout dans l'enceinte de la vénérable bâtisse que le juge Shapiro était d'une humeur de chien, et que l'avocat Martin Swann mangeait certainement du requin à chaque petit déjeuner.

Les affrontements dans le prétoire, depuis une semaine, avaient atteint des sommets de froideur et… de pointes acérées négligemment lancées au hasard des plaidoiries.

Bref, on l'aura compris, chacun attendait avec une impatience non feinte le réveillon de la Saint -Sylvestre, tout en priant pour que la nouvelle année apporte une notable amélioration dans le comportement des deux hommes.

L'ensemble des employés poussa donc un énorme soupir de soulagement lorsque le 31 décembre arriva enfin.

Un Martin fébrile, survolté, rangeait frénétiquement ses dossiers dans sa serviette de cuir souple, se préparant à aller déjeuner au restaurant le plus proche, lorsque la porte de la salle d'audience s'ouvrit sur Craig Shapiro.

Martin retint un gémissement d'agonie en remarquant l'expression décidée de son visage.

Visiblement, l'heure n'était plus à s'ignorer mutuellement ou à se décocher des flèches empoisonnées. Le juge semblait décidé à avoir avec lui une franche discussion, ce qui ne faisait pas du tout l'affaire du jeune homme.

Remarquant aussitôt la crispation du corps de son jeune confrère, Craig comprit que ce dernier ferait tout pour éviter la confrontation. Cela ne fit, bien évidemment, que le conforter dans sa décision d'avoir avec lui une conversation en tête à tête.

– Maître Swann, auriez-vous un moment à m'accorder ?

Sous la question polie, l'ordre était évident, et Martin réprima une féroce envie de se révolter et de refuser. Il imaginait avec satisfaction la tête du magistrat s'il cédait à son impulsion !

Mais un seul regard à ses collègues intrigués et au visage fermé de Shapiro le dissuada immédiatement d'une attitude aussi puérile.

Avec un soupir, il rendit les armes.

– Bien sur, Votre Honneur.

– Très bien. Allons dans mon bureau.

Cinq minutes plus tard, Martin se retrouvait debout dans les quartiers du magistrat, sur la défensive.

– Comment allez-vous ? demanda calmement Craig.

– Très bien, et vous ? répondit Martin, ignorant sciemment le véritable sens de la question.

Craig soupira ostensiblement.

– Maître Swann…

– Oui, *Votre Honneur* ?

Les deux derniers mots avaient été prononcés avec une inflexion sarcastique qui n'échappa guère à l'attention de Craig. Il retint à grand-peine un mouvement de frustration. Se mettre en colère ne lui servirait à rien face à une telle tête de mule.

– Martin… Sincèrement, comment allez-vous ? s'enquit-il.

Le jeune homme se sentit rougir, tant par l'emploi soudain de son prénom que devant la sincère émotion qui perçait dans la voix du juge. Sollicitude, culpabilité, tendresse ? Il aurait été bien en peine de deviner laquelle avait la préséance sur les deux autres…

– Je vais bien… sincèrement, répondit-il avec plus de douceur.

Craig détourna la tête, gêné.

– Pas trop de… enfin… hum… Je ne vous ai pas fait mal ?

Martin retint un éclat de rire.

– Je n'étais pas vierge, Craig.

Et Craig se sentit secoué par un violent électrochoc. La manière qu'avait eue Martin de prononcer son prénom… Unique.

Comme lui.

Ses pensées prenaient décidément un très dangereux tour, aussi se força-t-il à se concentrer.

– Nous devons parler de ce qui s'est passé, reprit-il abruptement.

Et en entendant la sécheresse de son intonation, Martin se ferma aussitôt.

– Il n'y a rien à en dire.

Cette fois-ci, Craig ne put retenir un mouvement d'humeur.

– Oh, je vous en prie, vous n'êtes pas aussi naïf !

– Non, je ne le suis plus, Votre Honneur, ironisa le jeune homme. Il se trouve que je n'ai pas envie d'évoquer ce pénible incident de parcours !

Il avait frappé à l'aveuglette, furieux de se sentir aussi vulnérable, et éprouva une amère satisfaction face au visage soudain livide de son vis-à-vis.

– Cet incident de parcours, comme vous le dites si bien, aurait pu avoir de très graves conséquences !

Martin se figea net, honteux. Effectivement, le détenu aurait pu les blesser, ou pire encore, les tuer. Alors pourquoi choisir de leur faire jouer un film X ?

Toute cette histoire n'avait aucun sens, et Martin avait brusquement l'impression de se retrouver dans la fameuse série TV « *La quatrième dimension* ». En version porno !

Il frotta ses tempes douloureuses avec une grimace. La migraine n'était pas loin.

– J'ai lancé une enquête, reprit le juge, le regard froid. Des policiers surveillent les allées et venues de Sanderson, mais jusque-là, il a l'air de se tenir à carreau. De plus, ses comptes bancaires ont été épluchés à la lettre. J'ai eu la surprise de découvrir que notre cher ami y a déposé la somme de cinq mille dollars en liquide la veille du réveillon de Noël !

— Effectivement, c'est curieux. Pourquoi ne pas l'avoir fait arrêter, dans ce cas ?

— Maître Swann ! ironisa Craig. Nous ne sommes pas dans un conte de fées ! Auriez-vous réellement accepté de subir un interrogatoire devant un tribunal, ainsi que l'humiliation publique de dévoiler que vous et moi avons eu sous la contrainte des rapports sexuels ?! Je doute fort que votre réputation – sans parler de la mienne ! – y aurait survécu ! Nous aurions l'un comme l'autre pu dire adieu à notre carrière !

« Ce n'était pas que du sexe pour moi ! Nous avons fait l'amour, aurait voulu hurler Martin, *nous avons partagé l'expérience la plus intime et la plus bouleversante que deux êtres humains puissent partager, et tu me parles de carrière et de réputation ! »*

— Vous avez sans doute raison, se contenta-t-il de murmurer avec lassitude.

Il était fatigué, soudain. Fatigué de devoir feindre l'indifférence face à cet homme qui lui avait révélé la passion qui dormait en lui. Une passion dont il ne se serait jamais cru capable.

Il se détourna, et sursauta en sentant une main saisir son bras. Le contact fit aux deux hommes l'effet d'une décharge électrique, et Craig relâcha le jeune avocat avant de reculer d'un pas, comme si on l'avait brûlé au fer rouge.

– Que comptez-vous faire à propos de Sanderson ? s'enquit Martin, troublé.

– Continuer à le faire filer, dans la plus grande discrétion. Peut-être nous mènera-t-il à son commanditaire, si nous savons être patients.

Martin hocha la tête. Il se sentait soudain littéralement vidé de ses dernières forces.

– S'il n'y a rien d'autre, Votre Honneur, je vais prendre congé…

Au prix d'un énorme effort, il se dirigea vers la porte du bureau et l'ouvrit. Une main la referma avec violence, tandis qu'un Craig Shapiro rageur le saisissait par le bras et le tournait brusquement vers lui.

– Je ne vous ai pas dit que vous pouviez partir ! cria-t-il.

Et soudain, une paire de lèvres avides se posa sur celles de Martin, tandis qu'un corps chaud se collait passionnément contre le sien.

Dans une brume de désir, il sentit la bouche de Craig quitter la sienne pour descendre le long de son cou, tandis qu'une voix rauque murmurait contre sa peau son prénom, en une longue litanie.

Instinctivement, Martin colla ses hanches contre celles de son aventure d'un soir, frissonnant lorsqu'il sentit l'érection tendue contre la sienne.

Les mots perdirent leur sens, la logique et la raison s'envolèrent tandis que les deux hommes s'étreignaient fougueusement, se frottant en un rut sauvage l'un contre l'autre.

Haletant, Martin sentit le précipice s'ouvrir sous ses pieds. Il colla de nouveau sa bouche contre celle de Craig et déboutonna la braguette de son pantalon, avant de faire de même avec la sienne et de baisser leurs sous-vêtements.

Il cria de soulagement en sentant leurs deux membres durcis glisser – enfin ! – l'un contre l'autre, dans un mouvement de plus en plus frénétique.

Un grondement animal s'échappa des lèvres de Craig, et il mordit violemment l'épaule de son compagnon, poussant celui-ci à jouir avec un râle de bonheur.

En réponse, la main de Martin s'activa plus vite sur le sexe tendu de son compagnon, et celui-ci ne tarda guère à le rejoindre dans l'extase.

Les deux hommes s'appuyèrent l'un contre l'autre, autant pour chercher un brin de réconfort que pour retrouver un souffle défaillant, et Martin sentit une vague de tendresse l'envahir. Il promena son nez contre la nuque de son amant, emplissant ses narines de l'odeur musquée, virile, de celui-ci.

Presque malgré lui, les larmes lui montèrent aux yeux. A quoi bon ? Jamais Craig Shapiro ne lui rendrait ses sentiments. Certes, ils pourraient tous les deux continuer à travailler ensemble, et peut-être, de temps en temps, dans un accès de fureur et de sensualité, coucher ensemble pour « évacuer » leur stress, mais ce ne serait rien d'autre qu'un crève-cœur, en fin de compte.

Et ce serait celui de Martin qui finirait par être brisé.

Il valait mieux tirer un trait tant qu'il en était encore capable.

Doucement, très doucement, Martin repoussa Craig, refusant de croiser son regard.

– Martin…

Mais celui-ci se contenta de poser un doigt sur sa bouche pour le faire taire, tout en secouant la tête.

Il se rajusta, et moins d'une minute plus tard, il ne restait plus aucune trace de sa présence dans le bureau du juge…

5

C'était le jour du réveillon de la Saint Sylvestre, mais jamais Craig Shapiro ne s'était senti aussi mal.

Il avait tenté de parler avec Martin Swann, et ça lui avait littéralement explosé à la figure.

Comment diable une discussion civilisée entre collègues s'étaient-elle transformée en séance de frottage passionnée et torride ?

Craig avait perdu tout contrôle, et quasiment agressé Martin, avant de jouir comme un adolescent en chaleur, ce qui ne lui était pas arrivé depuis… une éternité.

Avec un grognement dépité, le juge laissa tomber sa tête entre ses mains.

Le reste de la journée s'était déroulé comme dans un rêve, ou plutôt un cauchemar.

Il jeta machinalement un coup d'œil à sa montre. Vingt-trois heures. Il était temps de rentrer. Plus personne ne se trouvait au tribunal à cette heure indue !

Ce réveillon, il le passerait certainement seul. Duncan et son compagnon l'avaient invité à leur rendre visite en Californie quelques semaines plus tôt, mais Craig n'avait aucune envie de prendre l'avion.

Il n'avait pas non plus envie de réitérer le petit exploit de l'année précédente.

La dernière soirée qu'il avait passée avec les deux lascars, passablement arrosée, s'était clôturée par une séance privée en chambre, avec lui-même, Craig Shapiro, dans le rôle du jambon entre les deux tranches de pain de mie !

Non pas que l'expérience ait été désagréable… Mais elle lui avait tout de même fait prendre conscience de sa solitude.

Il voulait lui aussi une relation aussi forte et confiante que celle qui unissait Duncan à Mark, son petit ami.

Car ce petit interlude avec Craig, loin de mettre en danger leur couple, n'avait fait que renforcer les liens qui unissaient les deux amants.

Et étrangement, leur amitié avec lui s'en était, elle aussi, trouvée grandie.

Craig se leva, attrapa son blouson, et après un dernier regard sur son bureau, éteignit les lumières et sortit de la pièce.

Le palais de justice était bien évidemment désert, chacun étant depuis longtemps rentré chez soi afin de préparer dignement l'arrivée de la nouvelle année.

Il ne croisa qu'Albert, l'un des gardiens de nuit, qui le salua d'un « *Bon réveillon, Votre Honneur !* » tonitruant.

Avec un sourire, Craig sortit sur le parking. Il remonta machinalement le col de son blouson. Le froid, tout comme la semaine dernière, s'était fait mordant.

Il ouvrit sa portière, se mit au volant, mit le contact, démarra la voiture, et… un frisson glacé lui parcourut de nouveau la nuque, tandis que la sensation caractéristique du cylindre en acier se faisait de nouveau sentir contre sa peau.

– Bonsoir, Votre Honneur, susurra la voix de Sanderson.

Craig eut un frisson qui n'était pas entièrement dû à la peur.

– Non, pas encore vous ! s'écria-t-il.

Seul un ricanement à la fois sinistre et moqueur lui répondit…

~~*

En revenant du tribunal, Martin s'était effondré sur son sofa, la tête carrément en vrac.

La petite séance de l'après-midi, dans le bureau de Craig, l'avait laissé épuisé.

Il passa en revue les quelques messages sur son répondeur, principalement de la part de ses amis qui le suppliaient de changer d'avis et de les rejoindre dans une boîte de nuit où ils comptaient faire la fête.

Malheureusement pour eux, Martin n'était vraiment pas d'humeur à s'amuser.

L'avocat se demandait comment diable il allait pouvoir continuer à côtoyer jour après jour le juge Shapiro, pour lequel, il convenait de l'avouer, il avait… des sentiments.

Avec un soupir, Martin enfouit son visage entre ses bras.

La nuit était tombée depuis belle lurette, et sans qu'il s'en rende compte, le temps avait filé.

Il était onze heures quinze. Bientôt il faudrait dire adieu à l'année 2012.

« *Au moins, les Mayas s'étaient trompés !* pensa-t-il, ironique. »

Il songea aussi qu'il lui faudrait peut-être quitter le canapé pour voir ce que son frigo lui réservait en ce soir de réveillon, mais il était trop bien, pelotonné contre le cuir souple, pour songer à bouger.

Enfin, jusqu'à ce que la sonnerie de la porte d'entrée ne retentisse.

Martin caressa un moment l'idée de laisser croire au gêneur qu'il n'y avait personne chez lui, mais il dut y renoncer en constatant qu'il avait oublié de fermer ses volets, et que la lumière qui éclairait son salon trahissait sa présence.

Avec un grognement agacé, il se leva et fila à la porte d'entrée, plaquant un sourire de circonstance sur ses lèvres.

Sourire qui se figea net lorsqu'il croisa le regard anxieux de Craig Shapiro, avant de remonter jusqu'à la grimace satisfaite de… Sanderson !

– Non, pas encore vous ! s'exclama-t-il.

Sanderson éclata de rire.

– Vous avez vraiment tout pour vous entendre, mes mignons !

Martin ne comprit rien à cette remarque, mais le regard de Craig lui indiqua que celui-ci, par contre, en avait parfaitement saisi le sens.

– Bon sang, mais qu'est-ce que vous voulez, à la fin, Sanderson ! ? explosa le jeune avocat.

Le sourire faussement candide de l'ex-détenu ne lui disait rien qui vaille.

– Un autre porno, le premier était vachement réussi !

Les deux juristes en rougirent jusqu'à la racine des cheveux.

Sanderson poussa Craig à franchir la porte, bousculant Martin, la referma à clef, et agitant son arme, les força à reculer jusqu'au salon.

Avisant le confortable sofa et les fauteuils en cuir assortis, il s'installa dans l'un d'eux et désigna du canon de l'arme le canapé.

– Allez, mes petites canailles, on passe à l'action !

Il fit un clin d'œil aux deux hommes médusés, avant de reprendre :

– Mais ce coup-ci, c'est Shapiro qui va faire le *bottom* !

Le magistrat secoua négativement la tête.

– Non, énonça-t-il froidement, hors de question.

Martin lui jeta un regard stupéfait. Le canon de l'arme luisait dangereusement à la lumière de la pièce.

– Pardon ? J'ai dû mal comprendre, Votre Honneur…

Le ton de Sanderson s'était fait menaçant, et malgré lui, Martin sentit un frisson glacé lui parcourir l'échine.

Craig Shapiro se contenta de croiser les bras sur sa poitrine, conservant un calme olympien.

– Vous avez quelques petites explications à nous fournir, Monsieur Sanderson.

Le regard du détenu reflétait l'incrédulité.

– Quoi ?!

– A commencer par l'identité de celui qui a monté toute cette mise en scène, vous n'avez pas le cerveau pour cela, et comment vous avez pu échapper à la surveillance des policiers qui vous filaient !

Le silence s'abattit sur le petit groupe, le regard de Martin allant tour à tour de l'un à l'autre des deux hommes.

Soudain, les traits du visage de Sanderson se détendirent, et il éclata de rire.

– Vous êtes un petit malin, hein, Shapiro ?

Sans se démonter, Craig contra la question par une autre question.

– Qui vous a engagé ?

Le regard du faux détenu se fit énigmatique. Il posa un doigt sur sa bouche, évoquant un « *Chut !* » discret, avant de répondre.

– Vous pensez vraiment qu'il est si difficile que ça de semer des flics, Votre Honneur ? Quand on connaît leurs méthodes, je vous assure que c'est un jeu d'enfant ! Quant à la personne qui m'a embauché… on dira juste que c'est un ami à vous, Shapiro, et que son intérêt est de vous voir tous les deux, vous et Swann, nus et en sueur, baiser jusqu'à ne plus pouvoir marcher !

Ces quelques mots crus n'auraient jamais dû provoquer un tel désir dans le corps de Martin… Pourtant, ce fut le cas.

Il frissonna, et le regard acéré du malfrat se posa sur lui.

– Cette idée te plait, mon petit Martin… ? Toi, dur comme une trique, en train de plonger encore et encore dans le cul du juge et de le faire jouir a même le cuir de ton canapé… ?

Voila, c'était gagné, Martin avait une érection.

Et à en croire la respiration haletante de Craig, il était loin d'être le seul.

– Qui… vous… a… engagé ? siffla de nouveau ce dernier entre ses dents.

Sanderson ignora délibérément la question.

– Martin, fais-le taire, ordonna-t-il.

– Mais comment ?

La voix de l'avocat n'était plus qu'un mince filet.

Un sourire torve déforma les traits de l'ancien prisonnier.

– Suce-le.

6

Craig, le corps en feu, regarda comme dans un rêve Maître Martin Swann, avocat génial et royal emmerdeur, s'agenouiller devant lui.

– Défais sa braguette, ordonna la voix grave de leur agresseur, et fais-le sans les mains.

Martin s'exécuta en attrapant la fermeture éclair entre ses dents et en la faisant lentement glisser le long de la colonne de chair tendue.

Le boxer de Craig était d'ores et déjà trempé, et il sentit le frémissement d'anticipation de la bouche qui courait le long de son sexe à travers le léger coton.

Il faillit jouir immédiatement.

– Qui vous a engagé ? haleta-t-il de nouveau, tandis que la langue de Martin caressait son prépuce à travers le tissu.

Encore et toujours ce même sourire énigmatique.

« *Ce n'est pas une réponse !* aurait-il voulu hurler. »

Mais les yeux prédateurs du mystérieux Sanderson ne le quittaient pas, et ce regard pénétrant ajoutait encore à l'érotisme de la situation.

Craig serra les poings en sentant – enfin ! – les lèvres de Martin se refermer sur lui et amorcer un lent mouvement de va-et-vient autour de son érection. La sensation le fit bander de plus belle tandis que ses yeux gris se soudaient à ceux, couleur serpent, du maître chanteur.

Pendant quelques secondes, il se noya dans ce regard reptilien, tandis que Martin, avec des gémissements de bonheur, le prenait de plus en plus profondément au fond de sa gorge.

Le corps tendu, s'agrippant au fauteuil du sofa derrière lui pour s'empêcher de tomber, Craig ferma les paupières afin d'échapper à la fascination de ces prunelles qui ne lui accordaient aucun répit.

Grossière erreur ! Il n'en eut qu'une conscience plus aigue de la bouche tentatrice qui faisait courir sa langue le long de son membre dressé.

Puis, sans crier gare, Martin l'avala d'un seul coup.

Serrant les doigts sur le cuir, Craig tressaillit violemment, et se vida en quelques saccades dans la gorge de son amant, qui savoura en fin gourmet tout ce qui lui était offert.

– Tu n'en as pas perdu une goutte, hein, mon petit Martin ? se moqua Sanderson en se levant du fauteuil.

Et il aurait fallu être aveugle pour ne pas remarquer la bosse qui déformait son jean.

Le détenu s'approcha d'eux, et posa sa main sur la tête de l'avocat, caressant sa chevelure soyeuse, puis il saisit ses avant-bras et le releva.

Craig, perdu dans un brouillard post-coïtal, se contenta de regarder la scène.

Il vit Sanderson écraser sa bouche sur celle d'un Martin soumis, et observa le ballet des langues qui se cherchent.

– Délicieux, murmura le repris de justice en se détachant du baiser, et Craig se demanda un instant s'il parlait de Martin, ou du goût de son propre sperme sur les lèvres du jeune homme.

Mais déjà, l'homme reprenait son rôle de marionnettiste, en s'asseyant de nouveau dans le même fauteuil.

– Déshabille-le, Martin, et ensuite, ce sera ton tour.

Craig, l'esprit embrumé, se sentait comme déconnecté de la réalité. Il avait une fois de plus l'impression de se retrouver dans l'un de ces rêves érotiques où le temps n'a plus court, et où rien n'est interdit.

Les yeux de Martin reflétaient le même sentiment, et pour la énième fois, le juge se demanda qui diable tirait les ficelles derrière Sanderson, et à quoi rimait toute cette histoire.

« *Quelle importance ? …Aucune !* murmura une petite voix dans son esprit. »

Et il n'était pas sur qu'elle ait entièrement tort.

Le reste ne fut que sensation.

Sa veste et son pull tombants à terre, la légèreté de sa chemise qui glissait le long de ses bras pour les rejoindre au sol, bientôt suivie par son jean et son boxer, la douceur des doigts de

Martin qui couraient sur sa peau, la rugosité et la fraîcheur du cuir contre ses cuisses et son sexe, tandis qu'il s'allongeait à plat ventre sur le sofa.

Sa virilité revenant à la vie tandis qu'une langue joueuse se glissait dans son anus et le caressait expertement.

Craig retint un cri en la sentant se darder plus loin en lui avant de descendre jusqu'à ses bourses pleines, et de les lécher avidement.

Ensuite Martin glissa deux doigts dans sa bouche et Craig enroula sa propre langue autour, les humidifiant soigneusement.

Puis il regarda le jeune homme attraper un tube de lubrifiant que lui tendait Sanderson, toujours aussi serviable, avant de se déshabiller à son tour.

Ses yeux s'enflammèrent tandis que Martin, nu, le regard brûlant de passion, enduisait sa virilité dressée de la substance huileuse. Cette vision faillit le mener aux portes de l'orgasme le plus dévastateur qui soit, et Craig serra les poings de frustration.

Il était prêt, bon sang, il n'avait jamais été aussi prêt !

– Tu peux y aller, Martin, fit soudain la voix du détenu, confortablement installé en face d'eux. Sinon notre juge va jouir avant même que tu ne l'enfiles !

Craig ferma les yeux, se frottant lascivement contre le cuir du sofa, tandis qu'une main ferme écartait ses fesses.

Il sentit la queue dure, glissante, se frayer un chemin en lui, et l'étroit passage céda sous l'assaut, Martin s'enfonçant jusqu'à la garde.

Un halètement rauque, un bruit de jean que l'on défait, et Craig ouvrit les yeux sur la vision familière de Sanderson en train de se masturber dans le fauteuil, sa main courant avec force le long de son érection.

Et puis Martin commença à bouger d'avant en arrière, heurtant le point le plus sensible de son anatomie masculine, et les doigts de Craig se refermèrent convulsivement sur le cuir.

Il se mit à gémir, tandis que le jeune homme le prenait lentement, ondulant comme un serpent. Il avait décidé de le rendre fou, c'était certain !

Les yeux verts ne les quittaient pas tandis que Martin se retirait et s'enfonçait de nouveau en Craig, de plus en plus loin, s'arrêtant quelques secondes avant de reprendre son mouvement lancinant.

La main de Sanderson courait plus rapidement sur son membre, et Craig voyait en détail les veines bleutées, les phalanges crispées sur la peau fine du pénis.

Presque malgré lui, sa bouche s'entrouvrit et la salive y afflua.

Ce que ne manqua pas de remarquer le repris de justice. Il eut un sourire cynique, et il délaissa momentanément son érection pour se lever et venir glisser un doigt taquin sur la bouche de Craig.

Celui-ci ne put s'empêcher d'essayer de le lécher, mais la phalange disparut aussi vite qu'elle était venue, tandis que Sanderson retournait à la place qu'il avait choisie pour sienne.

-– Tu vois quelque chose dont tu as envie, mon grand ? reprit-t-il, sarcastique. Navré, mais c'est vous qui jouez ce petit porno, moi, je ne fais que mâter, je ne participe pas !

Craig entendit Martin gémir au-dessus de lui, tandis que le jeune homme s'immobilisait en lui, comme s'il voulait s'interdire de jouir sur le champ.

– Allez au diable ! lâcha Craig dans un râle, toute raison l'ayant déserté au profit d'un désir dévorant. Plus fort, Martin, plus fort !

Martin recommença à bouger en lui, et cette fois-ci, il ne fut plus question de lenteur tandis qu'il le prenait violemment, ses hanches se collant aux siennes, ses mouvements de plus en plus erratiques.

Craig laissa échapper un long soupir de plaisir. Sa propre érection, tendue et douloureuse, glissait contre le cuir tandis que le membre rigide heurtait encore et encore sa prostate, avec une brusquerie qui ne l'en excita que davantage.

Il se souleva pour aller à la rencontre des coups de boutoir de son amant, et contracta ses fesses violemment, enserrant la dure virilité dans une chaude étreinte.

Il entendit le hoquet de surprise de Martin, et

comprit aussitôt qu'il n'était pas le seul à être proche de l'orgasme. Face à eux, la main de Sanderson s'activait de plus en plus vite sur son sexe dressé, signe évident que lui non plus n'en était pas très loin.

Puis la voix rauque du détenu leur ordonna de jouir.

Ce qu'ils firent, le corps de Martin se figeant tandis qu'il se retirait d'un coup pour se déverser avec un cri victorieux entre les fesses de Craig, ce dernier projetant à même le cuir sa blancheur laiteuse, vidé, lessivé de plaisir, sa jouissance semblant ne jamais prendre fin.

Loin d'être en reste, leur « bourreau » les accompagna dans l'extase avec un grognement bestial.

Pendant de longues minutes, le silence régna, tandis que les trois hommes reprenaient leur souffle.

Finalement, un sourire sarcastique étira la bouche du malfrat.

– Pas mal, vraiment pas mal… Dommage que nous devions en rester là, mes mignons. J'en aurais bien fait une habitude. Mais on ne m'a payé que pour les deux réveillons, et pas une galipette de plus.

Craig redressa vivement la tête.

– Que voulez-vous dire, Sanderson ?!

– Que mon commanditaire, votre ami qui s'amuse à jouer les Cupidons, m'a dit que si deux nuits ensemble ne vous forçaient pas à admettre vos sentiments, rien n'y arriverait !

Martin fronça les sourcils.

– Qu'est-ce que ça signifie ?! Arrêtez d'être aussi cryptique !

Sanderson leva les yeux au ciel.

– Bon sang, vous êtes vraiment bouchés ! s'exclama-t-il, agacé. C'est évident que vous êtes fous amoureux l'un de l'autre ! Vous allez vous décider à l'admettre, bordel ?!

Il ne manquait pas de bon sens, même vulgaire.

Cette situation n'avait que trop duré. Il fallait que l'un d'entre eux se décide à faire quelque chose.

Martin, avec un soupir résigné, attrapa tendrement la joue de Craig et la tourna vers lui, cherchant le regard qui fuyait le sien. Il était temps de prendre des risques, même si le résultat s'avérait désastreux et le laissait sur le carreau.

Il inspira profondément, la tête lui tournant, avant de se lancer.

– Il a raison, Craig. Je vous…aime… Je t'aime.

Voilà, c'était dit. Les grands mots étaient lâchés.

Le cœur battant, l'avocat attendit l'inévitable rejet, attendit de voir son pauvre amour se faire piétiner et briser comme du verre.

Mais le beau visage grave de son bien-aimé se détendit, et Craig avoua à son tour dans un souffle :

– Tu es insupportable, arrogant, et tu me fais enrager… Mais moi aussi, je t'aime, Martin Swann.

Sanderson éclata de rire mais les deux hommes n'y prêtèrent guère attention, trop occupés l'un par l'autre pour se soucier de lui.

– Enfin ! C'est pas trop tôt ! Je pourrai peut-être me reconvertir, qu'est-ce que vous en dites ? Entremetteur ou marieur ? Et pourquoi pas carrément ouvrir une agence de rencontres ?

– J'en dis que vous feriez bien de quitter cette maison, avant que je n'oublie que c'est grâce à vous que je suis désormais en couple, rétorqua le juge, le visage sévère.

– N'en dites pas plus ! s'écria le détenu en se levant et en se rajustant.

Il leur fit un clin d'œil taquin avant de tirer de la poche de sa veste une lettre, qu'il posa sur le fauteuil où il était assis quelques secondes auparavant.

– Je pense que vous aurez là-dedans toutes les explications que vous souhaitez !

En deux enjambées, il avait atteint la porte, mais parvenu sur le seuil, il se retourna une dernière fois, moqueur.

– Au fait, Votre Honneur, un dernier indice sur celui qui m'a engagé. La toute première fois où j'ai été arrêté, c'était mon avocat commis d'office…

Et il disparut, claquant la porte derrière lui.

Martin vit avec intérêt les joues de Craig blêmir puis rougir, mais avant qu'il n'ait eu le temps de poser la moindre question, celui-ci avait bondi sur le fauteuil, et décachetait avec fébrilité la lettre.

Il la parcourut rapidement du regard.

– Je vais le tuer ! s'exclama-t-il finalement. Ou l'embrasser !

– De qui est-ce ? questionna Martin, sur des charbons ardents.

Il n'en pouvait plus de ce suspense insoutenable. Des réponses, maintenant !

Craig se contenta de lui tendre la feuille de papier.

Elle ne contenait que quelques mots.

Joyeux Noël et Bonne Année, Craig chéri !
J'espère que tu auras apprécié ton cadeau.
Martin, on ne se connaît pas vraiment, mais je compte
sur vous pour prendre soin de notre magistrat préféré.

Duncan Messner

PS : J'ai promis à Sanderson que tu ne serais pas
trop méchant envers lui, alors, ne me contredis pas,
s'il te plait. Je demande l'indulgence de la cour !

Duncan Messner avait été l'avocat commis d'office de Thomas Sanderson.

Martin eut un demi-sourire. Il se rappelait vaguement de l'homme, qu'il avait eu quelquefois l'occasion de croiser dans le prétoire, avant qu'il ne quitte le Colorado pour s'installer en Californie.

– Je présume que Maître Messner et toi-même avez été… intimes ? s'enquit-il.

Craig hocha la tête en signe d'affirmation, ne faisant pas confiance à ses cordes vocales.

– Et bien, conclut Martin, amusé, nous lui devons de grands remerciements.

« *En effet*, songea Craig, ému que son ancien compagnon ait pris la peine de monter ce plan incroyable afin de les réunir. »

Il se rassit auprès de Martin, le prit dans ses bras et l'embrassa passionnément.

– Que dirais-tu de continuer tout ça dans mon lit ? demanda le jeune homme lorsqu'il délaissa sa bouche, de longues minutes plus tard.

Craig sourit.

– J'en dis que c'est l'idée du siècle.

Tout en se levant, son œil accrocha l'horloge posée sur la cheminée, et son sourire s'accentua.

– Bonne année, Maître Swann.

Les mains de son compagnon se glissèrent jusqu'à ses fesses, et c'est tout contre ses lèvres que Martin murmura :

– C'est effectivement une très bonne année qui commence, Votre Honneur…